Erwin und Adele

Ein Herz und eine Seele

Erwin und Adele

Ein Herz und eine Seele

Zweite Auflage

Gedichte und Geschichten zum Schmunzeln

von Siegfried Ulbrich

Bibliografische Informationen der Deutschen Nationalbibliothek
Die Deutsche Nationalbibliothek verzeichnet diese Publikation in der Deutschen Nationalbibliografie. Detaillierte bibliografische Daten sind im Internet über http://dnb.d-nb.de abrufbar.

Zweite Auflage 2020

© 2014 Siegfried Ulbrich, Dresden

Herstellung und Verlag: BoD - Books on Demand,

Norderstedt

ISBN: 978-3-7526-8693-7

Umschlaggestaltung, Satz und Layout: Gunter Hellmann, Dresden
Bilder: Gunter Hellmann - privat

Das Spinnennetz

Es versprach ein schöner Tag zu werden. Die Sonne gab ihr Bestes, als sie auf den Balkon im Hochparterre der Familie Schmidt schien. Erwin, der Herr des Hauses, hatte es sich in seinem Klappstuhl am runden Balkontisch bequem gemacht und las in seiner Tageszeitung. Auf dem Tisch stand ein gefülltes Glas Bier, aus dem er gelegentlich einen kräftigen Schluck nahm. Adele, seine Frau, war eine Person von höchster Reinlichkeit. Lächelnd und ein Liedchen trällernd, betrat sie in ihre bunte Kittelschürze gehüllt, den idyllisch gestalteten Balkon, an dessen Brüstung innen und außen ihr ganzer Stolz hing. In einem wohlgeordneten Reigen befanden sich ihre Geranien, Petunien und andere sehenswerte Zierpflanzen. Hier und da zupfte sie ein welkes Blättchen ab und schaute frohen Mutes auf die Wiese vor dem Balkon. Doch plötzlich reckte sie ihren Kopf nach vorn, machte eine finstere Mine, stemmte ihre Hände in die Hüfte, schimpfte leise vor sich hin und schüttelte mit dem Kopf. Eine kurze Kehrtwendung und schnell verschwand sie in der Wohnung. Das ging so schnell, dass ihre Kittelschürze hinter ihr her schwebte und ihr wie der Schwanz eines Vogels die Richtung gab. Nach einiger Zeit erschien sie wieder, bewaffnet mit einem Staubwedel. Was war geschehen? Auf der etwa drei Meter unter dem Balkon befindlichen Wiese stand in einigem Abstand eine Säulenzypresse, wo eine Spinne über Nacht ganze Arbeit geleistet hatte. Sie hatte ein großes Spinnengewebe zwischen der Konifere auf der Wiese und dem unteren Rand des Balkons angebracht und mit mehreren feinen Fäden fest verankert. Dieses Netz war Adele ein Dorn im Auge, konnte sie doch Spinnen nicht ausstehen. Entrüstet begann sie mit dem Staubwedel gegen dieses Netz anzukämpfen. Da das zarte Gebilde aber etwas zu tief hing, musste sie sich zwischen ihren Blumen vorn über beugen, um es annähernd erreichen zu können. Trotz dieser Bemühungen hatte sie Mühe heran zukommen. Während dieses Netzvernichtungsversuches stand sie auf einem ausgebreiteten feuchten Wischlappen, mit dem sie wenige Minuten zuvor den Balkonfußbogen feucht gewischte hatte. Durch Adeles nach vorn beugen, begann dieser Lappen auf dem gefliesten Fußboden langsam nach hinten zu gleiten. Zentimeter für Zentimeter neigte sich ihr Oberkörper nach vorn, ohne dass sie merkte den Halt zu verlieren. Doch plötzlich, sie hatte mit dem Staubwedel das Netz fast erreicht, riss sie durch das Übergewicht was sie bekam, ihr linkes Bein nach hinten hoch. Das wiederum schlug mit voller Wucht von unten an die Tischplatte des Balkontisches, an dem Erwin immer noch gemütlich seine Zeitung las. Der Tisch begann durch den Schlag von Adeles Ferse zu kippen. Erwins Bierglas veränderte plötzlich seine Lage und schlug um, so dass das schöne Gesöff über den Tisch auf Erwin Hose zu laufen drohte. Erwin sprang blitzartig auf und stieß dabei mit seinem Hinterkopf an die über ihm hängende Blumenampel, die sich sofort aus dem Gehänge löste und über Erwins Kopf und Schulter auf die schräge Tischplatte fiel, dann weiter auf den Fußboden, wo zu guter Letzt der Keramiktopf zerschellte.

Adele, die auf dem schlüpfrigen Wischlappen nach hinten geglitten war, saß nun in dem von ihr angerichteten Scherbenhaufen zwischen Blumen, Erde und der Lache Bier. Sie hielt sich ihren Allerwertesten. Mit schmerzverzerrtem Gesicht schaute sie ihren Mann an. Erwin schüttelte die auf seine Schultern gefallene Erde ab und sagte zu Adele:

„Das hast du nun von deinem Hass auf kleine Insekten. Lass doch die Spinne, die hatte sich soviel Mühe gegeben, über Nacht ihre Futterquelle für den nächsten Tag zu erschließen und was machst Du? - Du zerstörst alles und mir hast du auch den Tag ordentlich verdorben. Ich gehe jetzt in die Schänke und trinke mein Bier dort!“

Adele begann zu heulen, aber davon ließ sich Erwin nicht beeindruckt, reinigte sich zog seine Jacke über und verschwand aus der Wohnung.

Zwei leere Flaschen

Der kurze Gewitterguss war gerade vorüber, als Adele und Erwin auf den Fußweg vor ihrem Haus traten. Genüsslich sogen beide einen kräftigen Zug dieser vom Staub befreiten frischen Luft ein. Sie schauten nach rechts und nach links auf den sich langsam wieder belebenden breiten Gehsteig der Hauptstraße, mischten sich unter die Menschenmenge und begaben sich zum Markt. Adele in ihrem knöchellangen braunen Rock mit gelben Blumen, der beim Gang ihrer Schritte wie eine Glocke hin und her schwenkte und Erwin in seinem hellgrauen Trenchcoat und Hut mit breiter Krempe, der ihn fast zu einem Kriminalbeamten alter Zeiten machte, strömten sie mit den Massen ihrem Ziele dem Stadtzentrum entgegen. Adele hatte ihren zusammen gefalteten Regenschirm in der rechten Hand und benutzte ihn als Spazierstock. Von der rechten Schulter, diagonal zur linken Hüfte, hatte sie ihre Stadttasche umgehangen. Plötzlich blieb Erwin stehen und bat Adele weiter zu laufen. Er musste noch einmal zurück, denn er hatte etwas vergessen, was er dringend in der Stadt erledigen wollte.

Gemächlich schlenderte Adele weiter. Überall am Straßenrand befanden sich große Wasserlachen, die der eben zu Ende gegangene Regen hinterlassen hatte. Manche reichten bis an den Rinnstein. Die Reifen der vorbeifahrenden Autos zischten im Nass der Straße und es klang als würden laufend Klettverschlüsse auseinander gerissen. Wenn Adele etwas Interessantes bemerkte, blieb sie stehen und schaute sich alles eingehend an, bevor sie weiter lief. Seien es die Blumen in den Fenstern der Wohnungen, die Auslagen der Schaufenster oder sie schob mit der Spitze ihres Regenschirms umher liegendes Papier an den Straßenrand. Auch Menschen mit besonderem Outfit, die ihr entgegen kamen, musterte sie ganz genau und schaute ihnen nach. Doch plötzlich blieb sie stehen, denn ihre Aufmerksamkeit erregten zwei leere Plastikpfandflaschen, die in einer großen Pfütze am Straßenrand, etwa einen halben Meter vom Rinnstein entfernt, umher schwammen. „Das sind fünfzig Cent Pfand!" dachte sie sich und zwängte sich quer zur Laufrichtung der Menschen auf dem Fußweg auf die Flaschen zu. Sie schüttelte mit dem Kopf und sagte nun laut zu sich selbst:

„Was die Leute alles wegwerfen. Das sind fünfzig Cent. Brauchen die kein Geld oder haben sie genug?"

Mit der Regenschirmspitze versuchte sie nun die Flaschen weiter an den Rand zu manövrieren. Nach einer Weile des Stocherns war es ihr gelungen, sie dahin zu ziehen, wohin sie sie haben wollte. Sie beugte sie sich nach vorn, um die Flaschen aufzuheben. Doch ihre Bandscheiben machten nicht mehr so mit, wie sie wollte. Noch einmal versuchte sie sich nach vorn zu beugen. Doch plötzlich bekam ihr Oberkörper Übergewicht und neigte sich immer weiter nach vorn. Sie ruderte mit den Armen. Dabei drehte sich ihr Regenschirm wie ein Propeller in der Luft. Immer weiter neigte sich ihr Kopf in Richtung Pfütze. Ein junger Mann der den Flaschenrettungsversuch beobachtet hatte, sprang sofort hinzu, umfasste blitzschnell ihre Hüften von hinten, um ein Pfützenbad von Adele zu verhindern. Mit Schwung hob er sie hoch, dass sie mit Händen und Füßen zappelte wie ein Käfer, der hoch gehoben wurde. Schnell drehte sich der junge Mann mit Adele um und stellte sie wieder auf ihre Füße. Über die plötzliche Hilfe war sie so erschrocken, dass sie einen kurzen Schrei ausstieß. Alle Menschen die sich in ihrer Nähe befanden waren ebenfalls erschrocken und traten einen Schritt zurück.

Adele richtete ihre Sachen und sah den jungen Mann an, der immer noch mit dem Rücken zur Straße stand und lächelte. Just in dem Moment als sich beide ansahen, durchfuhr ein großer Lastkraftwagen die Pfütze am Straßenrand, dass das Wasser nur so aufspritzte und des jungen Mannes Rücken durchnässte. Der erschrak. Sofort machte er ruckartig ein Hohlkreuz, dabei schnellte sein Bauch nach vorn und die noch dicht bei ihm stehende Adele bekam einen Stoß, der sie nach hinten umfallen ließ. Zum Glück fiel sie nicht hart, denn im gleichen Moment als sie nach hinten kippte, kam ein Mann mit einen kleinen zweiachsigen Rollwagen vorbei gefahren, auf den sie mit ihrem Allerwertesten fiel. Durch den Aufprall wurde dem Mann, der den Wagen zog und der gar nicht so schnell reagieren konnte, die Deichsel aus der Hand gerissen.

Noch ehe sich der Handwagenbesitzer umdrehen konnte, stieß ihm, durch den Schwung den der Wagen bekommen hatte, die Deichsel von hinten unter die Jacke, dass der Quergriff oben am Kragen heraus stakte und ihm den Hut ins Gesicht schob. Eiligst wollte er sich aus seiner misslichen Lage befreien. Er versuchte die Knöpfe seiner Jacke zu öffnen, doch der Druck der Deichsel spannte die Jacke so toll, das die Knöpfe kurz vorm abreißen waren. Bums, und da war es auch schon geschehen. Ein Knopf nach dem anderen löste sich von der Jacke ab. Wut geladen fuhr der Mann aus seiner Jacke. Diese schnellte wie von einem Katapult geschossen Adele genau übers Gesicht. Beim Versuch sich von der Jacke zu befreien, kippte sie vom Wagen und lag der Länge lang auf der nassen Straße. Der junge Mann der ihr schon einmal geholfen hatte wollte ihr aufhelfen, doch dabei bekam er ungewollt den Griff des Regenschirms, mit dem Adele immer noch herum fuchtelte, gegen sein Auge, dass er sich vor Schmerzen das Gesicht zuhielt und sich neben die alte Dame auf den Gehsteig kniete. Der Mann mit dem Rollwagen wollte nach seiner Jacke greifen. Das wiederum deutete Adele als Hilfe, fasste seine Hand und zog so fest, dass dieser den Halt verlor und auf sie drauf fiel. Wie ein Häufchen Unglück befanden sich nun alle drei auf der regennassen Straße. Sie richteten sich auf und sahen sich mit bedepperten Gesicht eine Weile an. Bei dem jungen Mann wurde das Auge Veilchenblau. Schließlich begann erst der junge

Mann, dann die anderen zwei über das Missgeschick herzlich an zu lachen und halfen sich gegenseitig auf.

Erwin konnte nur noch über seine Adele den Kopf schütteln. Doch mit einem Schmunzeln sagte er:

„Adele, Adele, war das alles die fünfzig Cent wert?"

Auf dem Weihnachtsmarkt

Mit dem schönsten Wohlfühlgefühl, machten sich
Erwin und Adele auf, in das vorweihnachtliche
Marktgewühl.
Dort wurden sie empfangen von Mandel,-
Bratwurst,- und Glühweingerüche,
Budenbesitzer schrien werbende Sprüche.
Weihnachtliche Musik erklang und Lieder wurden
gesungen.
Durch die Menge liefen Erwin und Adele eng
umschlungen.
Doch plötzlich, - da - oh Kraus,
entdeckte Adele ein Warenhaus.
„Mein Schatz, da muss ich hinein und die schönen
Sachen beseh'n,
kannst du nicht allein auf den Weihnachtsmarkt
weiter geh'n?"
„In einer Stunde wieder hier!" sagte Erwin und
stimmte zu.
Adele gab ihm ein Küsschen und verschwunden war
sie im Nu.
Von den Massen ließ sich Erwin weiter schieben,
etwas anderes war ihm auch nicht übrig geblieben.
Bei dem Gedanken für Adele ein Pfefferkuchenherz
zu kaufen
blieb er stehen und bums, - da war ein Mann auf ihn
aufgelaufen.
Doch was war das?
auf seinem Rücken wurde es auf einmal nass.

Ein kurzes, „Entschuldigen Sie bitte, dass wollte ich
nicht!"
und der Übeltäter war entwischt.
Ein Glühwein war es der seinen Mantel durchnässte,
zu allem Unglück blieb er noch hängen an eines
Tannenbaum's Äste.
Riss sich dabei den Ärmel auf
und es rieselte Tannennadeln und Lametta auf ihn
drauf.
Er begann zu frieren und sein Rücken wurde
zusehends kalt,
am Tisch einer Würstchenbude suchte er Halt.
Erschöpft legte er seine Arme auf des Tisches Platte
und merkte zu spät, dass sein Vorgänger dort Senf
verkleckert hatte.
Er versuchte zu reinigen und wischte weg,
was blieb, war auf seinem Mantel ein hässlicher
Fleck.
Befleckt und nass versuchte er dem Trubel zu
entgehen,
da war schon das nächste Malheur geschehen.
Ein junger Mann mit Zuckerwatte versucht sich
durch die Menge zu zwängen
und blieb mit dem klebrigen Zeug an Erwins
Pelzkragen hängen.
Erwin klopfte und wischte mit seiner Hand,
schimpfte, fluchte und verlor fast den Verstand.
Zu guter Letzt traf er dabei noch einer Nachbarin
Stollen
und Puderzucker begann an seinem Mantel herunter
zu rollen.

Langsam wurde ihm das Ganze zu viel,
nur noch zu Adele ins Kaufhaus war sein Ziel.
Auf dem Weg dahin übersprang er noch eine Pfütze
in diese, wie konnte es anders sein, fiel in der Hektik
noch seine Mütze.
Vorm Kaufhaus in das er wollte, standen Kinder,
Frauen und Männer,
ein Junge fragte seinen Vater und zeigte auf Erwin;
„Papa ist das ein Penner?“
Beschämt stellte er sich in eine Ecke, senkte den
Kopf und legte seine schmutzige Mütze
auf einen Stein,
plötzlich warf eine Frau unbedacht eine Münze
hinein.
Es war Adele. Sie sah Erwin ins Gesicht und schrie
ihn an.
„Erwin, - Du bist ein unmöglicher Mann.
„Wie siehst Du nur aus?“
„So geh ich mit dir nicht nach Haus!“
Nun stand er da verlassen und allein, er wollte nur
noch weg.
Erwin dachte: „Erwin du warst zur falschen Zeit am
falschen Fleck!“
Adele verschwand die feige Nudel
Erwin stand da wie ein begossener Pudel.

Die Nuss

Es war der zweite Weihnachtstag. Der größte Teil des weihnachtlichen Trubels war schon fast vorbei. Erwin saß gemütlich auf der Couch im Wohnzimmer und genoss die wohlige Wärme des Kamins. Seine Frau Adele war gerade bei ihrer Freundin, der Tratschtante Hilde, im gleichen Haus. Sie wohnte eine Etage tiefer genau unter der Wohnung von Erwin und Adele. Bei Kaffee und Kuchen zogen die beiden Frauen über Gott, die Welt und über alles Mögliche her.

Genüsslich schlurfte Erwin an seinem Glas Grog. Nebenbei zappte er mit der Fernbedienung die Fernsehsender rauf und runter, in der Hoffnung etwas Interessantes zu entdecken. Plötzlich kam er zu einem Sender, wo gerade die Aufzeichnung eines Konzertes gezeigt wurde. Es ertönte die Nussknackersuite. Wie ein Blitz schoss ihm dabei ein Gedanke durch den Kopf: „Nussknacker! - Nüsse!“. Erwin aß für sein Leben gern jegliche Art von Nüssen. Aber auch seine Frau Adele verschmähte diese Früchte nicht. Deshalb entbrannte zwischen Erwin und Adele oft ein heftiger Streit um diese Gottesgabe, besonders wenn es um die Menge ging, die jeder gelegentlich verzehrte. Bekam Erwin einmal Nüsse zwischen die Finger, hörte er nicht eher auf, diese zu verspeisen, bevor der Grund der Dose zu erkennen war. Dieser Umstand regte Adele dermaßen auf, weil sie eine genügsame Frau war und nur soviel aß, bis ihr Appetit gestillt war. Und hatte sie einmal Appetit und schaute in die Dose mit den Nüssen, war diese stets leer. Jeder Blick in die leere Dose löste bei ihr sofort eine Krise über die Unvernunft ihres Mannes aus und ihr Zorn auf ihn steigerte sich. Sie wollte seine Naschsucht nicht länger hin nehmen und sann danach, wie sie ihren Mann das Suchen nach den Nüssen erschweren konnte. Aus diesem Grund hatte sie schon einige Tage vor Weihnachten die Dose mit Nüssen wieder gefüllt und so gut versteckt, dass Erwin sie nicht finden sollte. Dachte sie jedenfalls.

Beim Klang der Nussknackersuite machte sich Erwin sofort auf die Suche nach dem Objekt seiner Begierde. Da er wusste das Adele nicht gleich wieder erscheinen würde, nahm er sich Zeit und suchte gründlich. Sorgfältig ohne Spuren zu hinterlassen, durchstöberte er jede Ecke der Wohnung. Erst schaute er an die bekannten Stellen, wo die Dose bisher zu finden war. Nichts. Adele hatte sich dieses Mal beim verstecken der Nüsse, sehr viel Mühe gegeben. Jedes Schubfach, jeder Schrank, auf und unter allerlei Mobiliar suchte Erwin. Er suchte bereits schon eine halbe Stunde und hatte immer noch nichts gefunden.

„Wo hat das kleines Luder bloß die Dose versteckt?“, murmelte er vor sich her. Wie eine Robbe kroch er auf dem Fußboden umher. Immer noch nichts. Langsam begann er zu verzweifeln. Im Fernsehen war die Nussknackersuite schon lange vorbei.

„Die müssen doch irgendwo sein!" sprach er wutsteigernd. Noch einmal begann er von vorn alles zu durchwühlen. Ratlos stand er im Wohnzimmer, ohne die begehrten Nüsse gefunden zu haben. Er kratzte sich am Hinterkopf und fragte sich immer wieder, wo die Nüsse sein könnten. Plötzlich heftete sich sein Blick auf Adeles Strickkorb. Sofort wühlte er sich durch die Wolle auf den Grund des Korbes und siehe da, er hatte die Dose mit seinem Lieblingsnaschwerk gefunden. Freudestrahlend hielt er die Dose hoch und lief, die Dose immer wieder schüttelnd, zum Tisch. Vorsichtig wollte er die Dose öffnen, doch der Deckel hatte sich etwas verklemmt. Er nahm die Dose vor die Brust und wollte sie mit etwas mehr Zugkraft öffnen. Der störrische Deckel wollte sich nicht öffnen lassen. Mit verbissenem Gesicht zog und zog er und mit einem Male, Erwin wusste gar nicht wie ihm geschah, sprang die Dose auf und die ganzen Nüsse fielen auf den Parkettfußboden, dass es nur so polterte. Dieses Poltern über ihnen schreckte Adele und Hilde auf, die sofort ihre Schwatzrunde unterbrachen. „Was war das?" fragte Hilde aufgebracht. Doch da wieder Ruhe einkehrte, sorgten sich beide nicht mehr um das Geräusch, staunten nur und setzten ihre Unterhaltung fort.

Nun war Erwin erst einmal damit beschäftigt, die Nüsse so schnell wie möglich wieder in die Dose zu sammeln, weil er annahm, dass Adele es unten in der Wohnung bei Hilde gehört haben könnte. Nachdem sich alle Nüsse wieder an Ort und Stelle befanden, legte er die Dose wieder in den Strickkorb und wartete ab, ob Adele nach oben kommen würde, um nachzusehen was vorgefallen war. Da zehn Minuten nichts passierte und Adele nicht nach oben kam, holte er die Dose wieder hervor und öffnete sie. Dieses Mal aber vorsichtiger. Zufrieden blickte er auf die vor ihm liegenden Nüsse. Ihn lachten Walnüsse, Haselnüsse und Paranüsse an.

„Für welche soll ich mich entscheiden?" dachte er. Eine Weile rührte er mit dem Finger in der Dose, bis er sich für eine Paranuss entschied. Er holte den neuen Metallnussknacker aus dem Schrank, um den hartschaligen Objekt zu Leibe zu rücken. Die Nuss zwischen die Klemmleisten gelegt drückte und drückte er. Die Nuss war aber so hart, dass sie kein bisschen nachgab. Um den Druck zu verstärken, stand Erwin auf, lege die eine Seite des Nussknackers auf den Tisch und drückte mit beiden Händen auf die andere Seite. Auch dieser Versuch misslang. Die Nuss ließ sich nicht knacken.

„Was nun?" dachte Erwin. Plötzlich kam er auf die unprofessionelle Idee, die Nuss mit einem Hammer zu öffnen. Er holte aus seiner Werkzeugkiste einen dreihundert Gramm Hammer und ein kleines Holzbrettchen, schob die Tischdecke beiseite und legte die Nuss auf das Holzbrettchen. Als die Nuss die richtige Position hatte, tippte er mit dem Hammer dreimal vorsichtig neben die Nuss, um dann den entscheidenden gezielten Schlag auszuführen. Dann schlug er zu. Statt das die Nuss zerbrach schnippte sie auf Grund ihrer asymmetrischen Form wie ein Geschoss von dem Brettchen in Richtung

Aquarium. Die Nuss durchschlug die Glasscheibe die sofort in tausend Stücke zerfiel. Das Wasser, etwa 100 Liter, samt Pflanzen und Fische ergoss sich im Wohnzimmer. Die Wasserlache erreichte die elektrische Steckverbindung zur Christbaumbeleuchtung. Die Folge war, es gab einen Kurzschluss und Erwin stand im Dunkeln. Vorsichtig wollte Erwin sich zur Tür tasten, doch da stand ihm zu allem Unglück ein Hocker im Weg, über den er polternd fiel.

Adele und Hilde schauten erschreckt zur Decke.

„Was macht der nur da oben?" sagte Adele. Während beide immer noch zur Zimmerdecke schauten schrie Hilde plötzlich:

„Was ist das?" und zeigte noch oben. An der Decke zeichnete sich ein nasser Fleck ab. Sofort sprangen die beiden Frauen auf und liefen nach oben in die Wohnung. Adele wollte Licht machen als sie die Wohnung betrat, doch es blieb dunkel. Aufgeregt rief sie nach Erwin. Der wiederum rief cholerisch aus dem Wohnzimmer:

„Bring schon die Taschenlampe her!" Adele kam mit der Taschenlampe ins Wohnzimmer und sah Erwin in mitten seines angerichteten Schadens. Leise war das platschen der Fische in der verbliebenen Wasserlache zu hören. Adele leuchtete mit dem Lichtstrahl der Taschenlampe das ganze Wohnzimmer ab. Plötzlich verharrte sie mit dem Lichtstrahl auf dem Tisch und rief entsetzt:

„Habe ich es mir doch gedacht. Du konntest wieder einmal nicht die Finger von den Nüssen lassen!“ Adele ging zum Sicherungskasten und schaltete die Stromzufuhr wieder ein, lief zurück zu Erwin und sagte mit einem leichten Ton der Schadenfreude:

„Sehe nur zu, wie du das wieder in Ordnung bringst. Wir gehen wieder nach unten zu Hilde!“ Und schon verschwanden beide. Erwin begann mit aufräumen. Ihm war jedenfalls für die nächste Zeit das Nüsse essen ordentlich vergangen.

Adele

Während einer Busfahrt, an der Adele allein teilnahm, machte der Bus an einem kleinen Markt im Schwäbischen nahe Tübingen halt. Die Insassen hatten eine Stunde Pause. Auf dem Markt herrschte geschäftiges Treiben. Adele schlenderte gemütlich an den Ständen vorbei und sah sich eingehend alles an. Vor allem die regionalen Produkte interessierten sie. An einem Gemüsestand schaute sie sich etwas näher um und hörte den Leuten bei ihrer Unterhaltung zu. Sie verstand kaum ein Wort, denn sie war des schwäbischen Dialektes nicht mächtig. Immer mehr streckte sie ihren Hals vor, um wenigstens etwas zu verstehen. Dann wurde es ihr zu viel und sie wandte sich wieder ab. Kaum hatte sie sich herum gedreht da hörte sie ein lautes und vernehmliches „Adele!" Wie versteinert blieb sie stehen und sofort ging ihr Blick dorthin, woher der Ruf erschallte. Sie sah aber keinen, der ihre Aufmerksamkeit forderte. Sie sah nur wie eine Marktfrau einer Kundin zu winkte, die gerade ihren Stand verlassen hatte. Ungläubig schüttelte Adele mit dem Kopf. Weiter lief sie durch den Markt. Plötzlich hörte sie wieder ihren Namen Adele. Dieses mal direkt vor ihr.

„Ja!" erwiderte sie laut. Mehrere Leute an dem Stand an dem sie gerade war, drehten sich zu ihr um und schauten sie verwundert an.

„Wer will denn was von mir?" rief sie in die Menge.

„Wer sind Sie denn?“ fragte eine Frau in ihrem schwäbischen Dialekt. Das hatte Adele aber verstanden.

„Ich bin doch gerade gerufen wurden!“ sagte sie aufgeregt.

„Sie hat keiner gerufen!“ antwortete die Frau und wandte sich ab von Adele. Just in dem Moment rief die Verkäuferin am Stand nebenan wieder laut dieses „Adele!“

„Hören Sie, die Verkäuferin ruft mich schon wieder!“ sprach Adele entsetzt.

„Wo kommen Sie denn her?“ fragte die Verkäuferin lächelnd, denn sie ahnte das der schwäbische Abschiedsgruß mit ihrem Namen identisch war.

„Ich komme aus Leipzig!“

Alle am Stand stehenden Leute begannen zu lachen. Dieses Lachen verstand Adele nicht und schaute schamhaft weg. Wieder lachten die Menschen in ihrer Nähe. Nun war das Lachen aber etwas grässlicher. Adele bekam es mit der Angst zu tun und lief schneller durch den Markt. Von allen Seiten hörte sie nun das Rufen nach ihr. Erst etwas verhalten, doch je schneller sie lief umso lauter wurden die Stimmen die „Adele, Adele, Adele“ riefen. Und immer dieses grässliche Lachen dazu. Adele lief und lief. Sie hielt sich die Ohren zu, doch das Rufen wurde immer lauter. Mit offenen Mund und weinend stolperte Adele den Marktweg entlang. Der Weg wurde immer schmaler und die Menschen an den Seiten wurden immer mehr. Verzweifelt blieb Adele einige Male stehen, doch blieb sie stehen wurde das Rufen „Adele, Adele!" immer lauter. Plötzlich sah sie vor sich ein Tor, auf das sie zulief. Dort angekommen stand sie vor einer Menschenmenge, die nach ihr die Hände ausstreckten, um sie zu greifen. Sie spürte schon wie sie an der Schulter gepackt wurde. Dann ließ sich Adele fallen, weil ihr alles zu viel wurde. Wieder wurde sie an der Schulter gepackt und zwei kräftige Hände hielten sie fest. Plötzlich wurde ein Lichtstrahl auf sie gerichtet, dass sie geblendet war. Eine feste Männerstimme rief mit einem Mal ganz laut, „Aaadeeele!!! - Was ist mit dir los?" Adele rieb sich die Augen und sah neben sich Erwin stehen, der sie fest in seinen Armen hielt. Noch vor Aufregung zitternd, schaute sie sich um um und sah dass sie zu Hause in ihrer Wohnstube war. Erst jetzt begriff sie, was geschehen war. Sie war auf der Couch eingeschlafen.

„Mein Gott! - Ich hatte einen blöden Traum!"

„Von was hast du denn geträumt?" fragte neugierig Erwin.

„Ach, es war nur Quatsch. - Aber eins weiß ich, ich fahre niemals ins Schwabenland!"

Zwei Senioren treffen sich

Erwin und Adele waren auf dem Weg ins Einkaufszentrum. Dabei mussten sie durch den wunderschönen Stadtpark. Zahlreiche Blumenrabatten und Ziersträucher säumten die Wege und viele Bänke luden zum Verweilen ein. Schon von weitem sah Erwin einen Mann auf einer dieser Bänke sitzen, den er kannte. Der ältere Herr hatte einen Rollader vor sich stehen, worauf er seine Arme aufgelehnt hatte und die Besucher des Parkes gelangweilt beobachtete.

„Das ist doch Karl-Otto mein ehemaliger Arbeitskollege! - Mit dem muss ich mich einmal wieder unterhalten", sagte er zu seiner Frau. Adele war diese Unterbrechung des Weges zur Kaufhalle gar nicht recht. Doch Erwin bestand darauf sich mit Karl-Otto zu unterhalten.

„Gut, dann gehe ich allein in die Kaufhalle!" sagte Adele und ließ Erwin stehen. Erwin war es recht, denn er hatte sowieso keine Lust das ewige Betasten und Befühlen von Waren, was Adele zuweilen ausgedehnt durchführte, mit anzusehen.

„Karl-Otto was machst du hier so einsam und verlassen auf der Parkbank?" Karl-Otto schaute zu Erwin, den er im ersten Moment gar nicht erkannt hatte. Er kramte seine Brille aus der Jackentasche, setzte sie auf und sah wieder zu Erwin.

„Ach du bist es Erwin. Wieso bist du hier?"

„Ich wollte mit meiner Frau Adele einkaufen gehen, aber sie ist allein weiter gegangen!"

„Bist du immer noch mit Adele verheiratet?"

„Ja! - Was für eine dumme Frage?"

„Ach du Armer!" Karl-Otto kannte die eigenartige Adele noch von früher her. Erwin reagierte aber nicht weiter auf diese Bemerkung, sondern fragte Karl-Otto was er denn so mache.

„Ich wohne jetzt in dem Seniorenheim da drüben. Schon seit dem vorigen Jahr als meine Hilde starb!"

„Und, ist es schön in dem Seniorenheim?"

„Was heißt schon schön! - man kann es aushalten".

„Gibt es denn auch noch ein paar brauchbaren Frauen für so einen Weiberhelden, wie du früher einer warst?"

„Ach ja, jede Menge. Es gibt mehr Frauen als Männer!" winkte Karl-Otto ab.

„Und, gibt es auch noch Sex im Seniorenheim?"

„Aber natürlich. Das ganze Jahr über. Nur im Juli oder August nicht!"

„Na nu, wieso das?"

„Da gibt es keinen Sex, weil der starke Pfleger im Urlaub ist, der uns immer auf die Frauen hilft!"

Erst hatte Erwin nicht begriffen war sein ehemaliger Kollege damit meinte, doch dann wusste er was gemeint war und beide begannen herzlich über diesen Scherz zu lachen.

An der Haustür

Wankend entstieg Erwin dem Stadtbus. Hinter ihm Adele, die sich nur über ihren Mann wunderte, dass er sich nach diesem Saufgelage beim Polterabend seiner Enkeltochter Susanne noch auf den Beinen halten konnte. Der Weg bis nach Hause glich für Erwin einem Slalomlauf zwischen Laternenpfählen, Papierkörben und Hauswänden. Adele blieb etwa zehn Schritte hinter ihm. Kamen Leute entgegen die sich über Erwin wunderten, sah Adele weg, als würde sie nicht dazu gehören, oder sie blieb einfach stehen. So ging das bis nach Hause. Die sechs Stufen bis zur Haustür waren für Erwin ein Kraus. Schon bei der ersten Stufe fiel er auf die Knie. Stufe für Stufe bewegte er sich auf allen Vieren nach oben. Adele schaute mit entsetzen auf seine Hosen und dachte sich:

„Wie soll ich die nur wieder sauber bekommen?"

Unentwegt strebte Erwin auf Knien der Haustür zu. Endlich hatte er sie erreicht. Unbeholfen kramten er in allen Taschen seines Anzuges nach dem Hausschlüssel. Schließlich fand er ihn in seiner linken Hosentasche. Der Schlüsselbund hatte acht Schlüssel, von denen drei gleich aussahen. Er probierte und probierte, es wollte ihm nicht gelingen, den richtigen Schlüssel in das Schlüsselloch zu stecken. Adele stand unten an der Treppe und sah Erwin bei seinen Öffnungsversuchen mit verschränkten Armen zu. So sehr sich auch Erwin mühte, er bekam den Schlüssel einfach nicht in das Schlüsselloch. Das ging so lange, bis er die Geduld verlor und lallend nach seiner Adele rief.

„Adele hilf mir. - Wenn wenigsten Haare an dem Schlüsselloch wären!"

„Was ist los Erwin, bekommst du ihn nicht rein? Soll ich erst einen Besen davor halten?" rief sie ihm lachend entgegen. Mit einem:

„Ja! - Bitte!" ließ sich Erwin vor der Tür nieder sinken und wartete, bis Adele die Tür auf geschlossen hatte.

Die Zeugenaussage

Erwin war gerade dabei am Hauseingang mehrere Paar Schuhe zu putzen, als Adele aufgeregt mit einem Brief wedelnd vom Briefkasten kam. Von weitem schon rief sie Erwin zu, dass es die Nachbarn hören konnten:

„Erwin du hast Post vom Gericht! - Was wollen die von dir?"

„Musst du so laut schreien, dass es alle hören können!" schnurrte er Adele an und riss ihr den Brief aus der Hand und öffnete ihn. Flugs kam Adele um ihn herum gelaufen und wollte ebenfalls mit in dem Brief lesen.

„Was bis du so neugierig?" sagte er und schob sie von sich weg.

„Sag schon was wollen die von dir?" bedrängte sie ihren Mann.

„Ach nichts weiter. Ich soll zu einer Zeugenaussage kommen!"

„Was für eine Zeugenaussage?"

„Vor vierzehn Tagen hatte man vorn an der Ecke einer Frau ihr Fahrrad gestohlen und ich kam zufällig dort vorbei als die Polizei mit der Frau den Vorfall protokollierten. Einer der Polizisten hatte mich gefragt, ob ich etwas beobachtet hätte!"

„Und hast du?"

„Nein, ich habe nichts gesehen!"

Nun ging Erwin an dem Tag an dem er geladen war aufs Gericht. Er wurde aufgerufen, eine

Zeugenaussage zu machen. Der Richter befragte ihn, nachdem er die Formalitäten verlesen hatte.

„Herr Erwin Schulze, können Sie beeiden, dass Sie eventuell auch dann das Fahrrad, dass angeblich an der unbeleuchteten Laterne gestanden hat, wahrzunehmen außerstande gewesen waren, wenn es wirklich da gestanden hätte?"

Erwin schaute unwissend den Richter an und fragte nach einer Weile:

„Was soll ich?"

„Ob Sie den Gericht sagen können, auch dann nicht imstande gewesen zu sein, das Fahrrad wahrzunehmen, wenn eins an der unbeleuchteten Laterne gestanden hätte?"

„Ob ich was Herr Richter?" fragte Erwin noch einmal.

Der Richter winkte ab und sagte:

„Mein Gott versteht denn hierzulande keiner mehr einen negativen Potentialsatz? - So kompliziert kann doch die deutsche Sprache wohl nicht sein!"

Erwin schüttelte über die Äußerung des Richters den Kopf und fragte:

„Kann ich gehen?"

„Gehen Sie in Gottes Namen, gehen Sie! Schauen Sie aber ab und zu einmal in den Duden, da finden sie etwas über Formulierungen und Regeln der Rechtschreibung!"

„Da steht es auch nicht anders als S i e von ihrem hohen Thron reden! - Schauen S i e lieber rein und reden Sie mit uns angeblich ungebildeten Menschen lieber ein ordentliches Deutsch!" sagte Erwin,

verließ Kopfschüttelnd den Verhandlungsraum und
ging nach Hause.

Das Missverständnis

Erwin saß tief gebeugt an seinem Schreibtisch und studierte einige Unterlagen in seinem kleinem privaten Büro in der ersten Etage seines Hauses, während Adele unten in der Küche mit Hausarbeiten beschäftigt war. Plötzlich schreckte Erwin hoch, schaute auf seine Armbanduhr und trieb sich zur Eile an. Er hatte einen wichtigen Termin vergessen, für den nur noch wenig Zeit blieb. Hastig packte er die notwendigen Schriftstücke in seinen Aktenkoffer, zog sein Sakko über, schlüpfte eilig in die Schuh und lief aufgeregt die Treppe hinunter zur Tür.

„Erwin, wolltest du nicht schon lange weg sein?" fragte Adele aus der Küche. Doch Erwin hatte es nicht mehr gehört. Er saß schon im Auto und verließ mit hohem Tempo das Grundstück.

„Wenn Erwin sich so beeilt, hat er bestimmt wieder etwas vergessen was er unbedingt braucht", sagte Adele vor sich hin. Und schon machte sie sich auf um in Erwins kleinem Büro nachzusehen. Als sie den Raum betrat fiel ihr Blick sofort auf Erwins Handy auf dem Schreibtisch, ohne das er sonst niemals aus dem Haus geht.

„Hab ich mir's doch gedacht!" murmelte sie und lief eilig nach unten ans Festnetztelefon im Korridor ohne das Handy mitzunehmen. Ganz erregt wählte sie Erwins eingespeicherte Handynummer.

„Ach Gott" - Nur die Mailbox dran!" stöhnte sie. Als das Signal zum Nachricht hinterlassen kam sprach sie hinein;

„Erwin, wenn du mich hörst, komm schnell zurück, Du hast dein Handy vergessen!" Adele legte wieder auf und war guten Mutes, Erwin damit geholfen zu haben.

Derweil war Erwin schon etwa zwei Kilometer von zu Hause weg, als er merkt dass er sein wichtigstes Kommunikationsgerät vergessen hatte. Darauf waren Eintragungen gespeichert die er dringend bei seinem Termin benötigte. Für ihn gab es nur noch eins, umdrehen und das Handy holen. Eiligst wendete er und fuhr zurück. Kaum hatte er die Haustür aufgeschlossen kam ihm auch schon Adele entgegen und fragte:

„Hat dich mein Anruf doch erreicht? Das ist aber schön!"

„Was für ein Anruf?"

„Na, ich habe gesehen, dass du dein Handy vergessen hattest, da habe ich dich gleich angerufen, damit du zurück kommst!"

„Und wo hast du angerufen?"

„Na auf deinem Handy!"

„Sag mal merkst du noch was? - Wie kannst du mich erreichen wenn mein Handy oben auf meinem Schreibtisch liegt?" Adele wurde vor Scham rot, denn soviel Dummheit hatte sie sich selbst nicht zugetraut.

„Du bist und bleibst eine dumme Trine!“ sagte Erwin im Gehen, als er sein Handy geholt hatte.

Das Schlüsselloch

Erwin fröhlich aus dem Bade kam,
als er im Gästezimmer ein Geräusch vernahm.
Zu Gast war Claudia, Adeles jüngere Cousine,
die meisten Leute nannten sie ne flotte Biene.
Sie hatte durchaus Modellmaße,
blaue Augen, blonde Haare und eine wunderschöne
Nase.
Diese Einschätzung war auch Erwin nicht
entgangen,
diesen Körper zu bewundern steigerte sein
Verlangen.
Auf Zehenspitzen er zur Tür schlich,
Dabei knarrte die Diele gar fürchterlich.
Es wurde still im Gästezimmer,
Doch mit jeden Tritt wurde das Knarren schlimmer.
Erwin hielt den Atem an
und ging noch näher an die Türe ran.
Tief gebückt mit starren Blick
versuchte er am Schlüsselloch sein Glück.
Er wollte sie sehen, der Schönheit figürlich Glanz,
dabei vollzog sein Hintern einen Freudentanz.
Doch was war das? - er sah kein Licht,
des Schlüssels Bart verdeckte ihm die Sicht.
Nun hieß es schnell etwas erfinden,
um doch noch zu ergründen,
wie er den heißen Blick, an den er dachte,
für sich sogleich nun sichtbar machte.
Der Schlüsselbart muss weg, war sein Gedanke,

drum suchte er nach einem Stecken im nahen
Schranke.
Ein Schaschlikspieß war's den er gefunden,
sogleich machte er sich ans Werk das Schlüsselloch
zu erkunden.
Leise stocherte er und schob den Schlüssel aus dem
Loch
er fiel heraus und machte Lärm noch und noch.
Derweil die Claudia innen es gesehen,
das an der Tür etwas geschehen.
Sie ahnte das da jemand sich bemühte
während Erwins Gesicht auf der anderen Seite vor
Lust erglühte,
wieder startete er einen Versuch um zu sehen
was in Claudias Zimmer derweil geschehen.
Ihr Körper war's den er begehrte
doch Claudia ihm den Blick verwehrte,
Durchs Schlüsselloch sah er nur das leere Bett
obwohl er so gern mehr gesehen hätt.
Seine Augen schweiften im kleinen Winkel hin und
her
doch im Zimmer sah er keine Claudia mehr.
Plötzlich schreckte Erwin hoch und rief - „herje und
huch"
mit einem Male verdeckte das Schlüsselloch ein
Tuch.
Claudia hatte ganz geschwind ein Seidentuch vorm
Loche angebracht
um zu warten was der Gucker vor der Tür nun
macht.
Bedacht die Sicht nach drinnen wieder zu erlangen

versuchte Erwin mit dem Spieß das Tuch vom Loch
zu verbannen.
In diese Arbeit ganz vertieft, stocherte er mit seiner
Hand,
bis sein Verlangen ein jähes Ende fand.
Ein Schreck fuhr ihm durch alle Glieder
und er sank auf den Fußboden nieder.
Adele war's, die leise sich heran geschlichen
um ihrem Mann auf frischer Tat zu erwischen.
Ein Schlag auf Erwins Schulter, diese Nackte
brachte ihn dazu, dass er zu Boden sackte.
Plötzlich öffnete sich Claudias Zimmertür
Entsetzt rief sie, "Was macht ihr hier?"
Erwin wurde schamrot im Gesicht
er ärgerte sich dass er so kalt erwischt.
Schnell verschwand er mit abwinkenden Gesten,
denn das war für ihn am besten.
Herzlich begannen die Frauen zu lachen und zeigten
auf Erwin mit dem Finger,
Adele rief noch schadenfroh, „Das ist mein Erwin,
nur er dreht solche Dinger!"

Winterwetterkapriolen

Das Januar begann, es war kein Spaß,
kein Schnee, mal mild und mal zu nass.
Dann wieder Wind, dass nahm man auch in Kauf.
So richtige Winterfreuden kamen da nicht auf.
Jeder schimpfte über diese Wetterkapriolen
die meisten laut und unverhohlen.
Der eine jammert, ein andrer stöhnt,
„Leute sagt, sind wir nicht ein bisschen verwöhnt!“

Dann kam sie doch die Winterkälte,
dass sich bald die Haut vom Leibe schälte.
Wieder ging ein Jammern los,
wie lange dauert diese Kälte bloß.
Dem Bauern war die Kälte nicht geheuer,
einem anderen wurde das Heizöl nun zu teuer.
Der eine jammert, ein andrer stöhnt;
„Leute sagt, sind wir nicht ein bisschen verwöhnt!“

Früher waren die Winter schöner, sagen die Alten.
Ich glaube das würde keinen Vergleich standhalten.
Die Medien flunkern den Menschen etwas vor,
und alle stimmen ein in diesen Jammerchor.
Der eine jammert, ein andrer stöhnt;
„Sagt Leute, sind wir nicht ein bisschen verwöhnt!“

Ein Kartoffelleben

In ein Erdenbett wirst du gelegt
man deckt dich zu und wirst gepflegt und gehegt.
Aus deinen Keimen treibt ein zartes Pflänzchen
empor.
Auf einem Damm blicken im Kraut schüchtern
weise Blüten hervor,
man lässt dich wachsen und eine ganze Zeit in Ruh'
und kleine Knollen wachsen in der Erde dazu.
Meist sieben an der Zahl wirst du gebären
doch diese Freude soll nicht lange währen.
Mit Gewalt entreißt man dich dem Erdenbette,
wirst durch geschüttelt auf Sieben an einer langen
Kette.
Auf einen großen Haufen findest du dich dann unter
deines Gleichen,
kannst weder rechts noch links entweichen.
Abgefüllt in enge Netze,
wartest du darauf, dass man dich für Geld versetze.
In der Kaufhalle wirst du brutal in einen Korb
gezwängt,
neben anderem Gemüse, was genau so denkt.
Zu Hause liegst du dann auf dem Küchentisch,
neben dir ein toter Fisch.
Du wirst geschält, gewaschen und gekocht auf
einem Herde
und denkst daran, wie schön war es doch in Mutter
Erde.
Dann kommt eine Gabel mit spitzen Zinken,

zerteil, zerquetscht dich und du siehst eines Messers
Klinge blinken.
Dann schiebt man dich in einen engen Schlund
hinein,
du weißt dies wird dein jähes Ende sein.
Das Kartoffelleben war am Ende nicht sehr schön,
das habe ich nun fest gestellt,
deshalb komme ich das nächste mal als Nudel auf
die Welt.

Im Warenhaus

Erwin und Adele schlenderten durch die Fußgängerzone. Erwin war darauf bedacht irgendwo ein Bierchen zu trinken und Adele hatte nur Taschen, Schuhe und Kleider im Sinn. An jeder Auslage blieb sie stehen und begutachtete das Angebot. Kleiderständer vor den Geschäften hatten ihr es besonders angetan. Alles musste befummelt und angehalten werden und wurde auf Qualität geprüft. Erwin sah gelangweilt dem Treiben seiner Frau zu. Plötzlich kamen sie am großen Kaufhaus vorbei. Erwins Gedanken waren; „Hoffentlich will Adele da nicht rein!" Doch sie wollte. Gezwungenermaßen musste Erwin mit, denn Adele wäre sonst böse geworden und außerdem hatte sie seine Geldbörse einstecken. Danach zu fragen, war er zu feige, denn Adele kannte Erwins Ansinnen.

Verlassen stand Erwin auf der Etage vor der Modeabteilung des Kaufhauses und wartete auf seine Frau Adele. Kleider ansehen und anprobieren war nicht sein Ding. Adele war derweil zwischen den vielen Ständern und Regalen mit prall gefüllten Kleidern, Mänteln und anderen chicken Sachen verschwunden. Erwin wartete und wartete. Adele kam nicht zurück. Er wagte ein paar Schritte in die Abteilung, stellte sich auf seine Zehenspitzen und erblickt ganz weit hinten Adele, die sich angeregt mit einer anderen Frau über Mode unterhielt. „Das kann dauern!" dachte sich Erwin und ging wieder nach draußen auf die Etage. Plötzlich fiel ihm ein, dass er doch noch irgendwo in seiner Jackentasche ein Eurostück hatte, welches er für eine Flasche Bier ausgeben könnte. Es war das einzige Geldstück was er in dem Moment besaß, denn Adele hatte ja, wie schon erwähnt, seine Geldbörse an sich genommen. Eiligst begab sich Erwin in die Lebensmittelabteilung, um sich eine Flasche Bier zu kaufen und sie gleich noch vor dem Kaufhaus auszutrinken, bevor Adele ihre Shoppingtour beendet hatte. Gedacht, getan. Erwin lief in die Getränkeabteilung entnahm eine für ihn genehme Flasche Bier und begab sich zur Kasse. Während er lief, sucht er nach dem Geldstück. Da war es! Er fühlte es in seiner linken Jackentasche, doch er kam nicht heran, weil sich das Geldstück durch irgendeine illegale Öffnung im Futter seiner Jacke dazwischen verflüchtigt hatte. Er sucht nach dem Schlitz durch dass das Geldstück hindurch gelangt sein könnte. Er suchte und suchte. Langsam kam er der Kassiererin immer näher. Nur noch zwei Kunden vor ihm. Noch immer suchte er verzweifelt nach der Öffnung. Erwin zog das Innenfutter der Jackentasche nach außen, um zu suchen. Überall probierte er. Kein Erfolg. Nun war Erwin an der Reihe. Die Kassiererin hatte die Flasche Bier bereits eingescannt und wartete das Erwin das Geld auf die Ablage legte. Doch Erwin suchte immer noch wie wild. Die Kunden hinter ihm wurden schon nervös und schimpften wieder einmal in der falschen Schlange zu stehen. Nach etwa zwei Minuten fragte Erwin die Kassiererin, ob sie eine Schere hätte, damit er ein Loch in das Futter schneiden könnte, um die Münze heraus zu holen. Die Kassiererin freundlich wie sie war, sucht etwas Brauchbares fand aber nichts. Nun wurden die Kunden hinter Erwin laut und forderten ihn auf den Geldsuchversuch zu beenden und auf das Bier zu verzichten. Die Kassiererin stornierte den Betrag und bat Erwin den Kassenbereich zu verlassen. Die Flasche Bier behielt sie inne. Traurig schaute Erwin wie seine Flasche Bier neben der Kassiererin unter der Kasse verschwand. Erwin versuchte weiter an das Geldstück zu kommen. Er öffnete der Reißverschluss seiner Jacke um besser von Innen heran zu kommen. Doch was war das? Der Reißverschluss ließ sich nur bis etwa zehn Zentimeter vor dem Ende öffnen. Hier hatte er sich so verklemmt, dass er sich weder nach oben noch nach unten bewegen ließ. Trotzdem versuchte er das Futter der Jacke nach außen zu drehen. Wieder suchte er nach der Öffnung, durch dass das Geldstück verschwunden sein konnte. Er hatte schon das halbe Futter heraus geholt, als er das Geldstück wieder fühlte. Hilflos schaute er sich um. Mehrmals leckte er sich seine Lippen feucht, denn er hatte bei der ganzen Aufregung einen ganz trocknen Mund bekommen. Er lechzte förmlich nach der Flasche Bier. Das beflügelte ihn, den Euro doch noch seiner Jacke zu entlocken. Ein in der Nähe stehender Mann hatte Erwins verzweifelten Münzrettungsversuch beobachtet. Er ging zu Erwin und fragte ihn ob er seine Hilfe brauchte.

„Haben sie zufällig eine Schere oder ein Taschenmesser bei sich?" Der Mann suchte in seinen Taschen und fand ein kleines Klappmesser. Nun machten sich beide ans Werk, um an das Geldstück zu gelangen.

„Am besten ist, wenn sie die Jacke erst einmal ausziehen!" sagte der Mann. Erwin packte die Jacke am Kragen und wollte sie über den Kopf ziehen. Da es aber eine Bundjacke war und sehr eng an Erwins Hüfte lag, erschwerte es den Versuch die Jacke über den Kopf zu ziehen. Nun packte er mit beiden Händen den Kragen und zog und zog. Mit einem Male gab die Naht des Kragens nach und durch die Kraft und den Schwung hatte er plötzlich den Kragen in der Hand. Die Jacke aber befand sich immer noch an seinem Körper. Noch einmal zog Erwin an den Resten seiner Jacke. Der Mann der immer noch neben ihm stand, half ihn. Wieder ein Ruck und Erwin hatte seine Jacke in der Hand. Nun begannen die beiden Männer das Geldstück in der zerschlissenen Jacke zu suchen. Nach kurzer Zeit fühlten sie es. Mit dem Messer versuchten sie einen Schlitz in das Futter zu schneiden. Das Messer musste aber vor längerer Zeit das letzte Mal schliffen wurden sein, denn es gelang den beiden nicht eine Öffnung hinein zu schneiden. Die Spitze des Messer war alles andere als spitz, was den Versuch erschwerte. Mit aller Kraft drückte Erwin die runde Spitze des Messers neben dem Geldstück in das Futter. Er drückte und drückte. Er wurde schon rot im Gesicht. Nichts geschah. Das Messer ließ sich einfach nicht durch den Stoff stechen. Doch plötzlich, Erwin hatte noch einmal kräftig gedrückt gab das Futter nach. Im Nu entstand ein etwa zwanzig Zentimeter großer Dreiangel. Wieder versuchte Erwin an das Geldstück zu kommen. Doch es war wieder verschwunden und er konnte es nicht fühlen. Erneut tastete er die Jacke nach dem Objekt seiner Begierde ab. Er griff in den Dreiangel und schüttelte die Jacke bis plötzlich das Geldstück heraus fiel und auf dem Fußboden der Kaufhalle davon rollte. Er ließ die Jacke fallen und rannte sich die Lippen feucht leckend dem rollenden Etwas nach. Mit einem Satz, einem Panther, gleich stürzte er sich auf den Euro und begrub ihn unter seinen Händen. Die Kassiererin und die in der Nähe der Kasse stehenden Kunden hatten Erwin die ganze Zeit lächelnd beobachtet. Schnell eilte Erwin zur Kasse, die Kassiererin tippte den Betrag für die Flasche Bier ein und übergab sie Erwin.

„Stimmt so!" sagte er ganz leger. Erwin schnappt sich seine Jacke und begab sich in den Ausgangsbereich. Nun hatte er, was er so begehrte. Doch das nächste Problem kam auf ihn zu. Wie die Flasche mit dem Kronenkorken öffnen. Einen Flaschenöffner besaß er nicht und der Mann mit dem Messer war verschwunden. Da erinnerte er sich, dass sich der Kronenkorken an einer stabilen Kante entfernen ließ. Nicht weit von ihm befand sich ein Tisch, mit allerlei Waren, der eine für ihn geeignete Kante hatte. Erwin setzte die Flasche im bekannten Stil an und schlug auf den Kronenverschluss. Der

Tisch der nicht der Stabilste zu sein schien, brach unter dem Schlag zusammen und die Waren verstreuten sich darum. Beschämt schaute Erwin um sich. Doch plötzlich war ihm alles egal. Die Flasche war offen, dass war das Wichtigste. Schnell setzte er sie an den Mund und trank die Flasche in einem Zug, ohne Luft zu holen, aus. Durch das gierige Trinken schwanden ihm wenig später die Sinne und er sackte, mitten in den von ihm angerichteten Schaden, zusammen. Als er wieder zu sich kam stand Adele mit Erwins zerschlissener Jacke und zornigen Gesicht neben ihn und schlug mit der Jacke auf ihn ein.

„Dich kann man wirklich nicht allein lassen! Was hast du nur mit der schönen Jacke gemacht?" schrie sie ihn an, griff Erwins Hand und zog ihn hoch und Erwin lief wie ein ungehorsames Kind hinter Adele her aus dem Kaufhaus.

Handwerkerlaune

Erwin war ein begnadeter, aber nicht so ganz gottesfürchtiger Handwerker im Ort. Das war dem Pfarrer der Kirche Sankt Rochus wohl bekannt. Erwin nahm es mit dem Kirchgang nicht so genau. Auch seine Kirchensteuer bezahlte er unregelmäßig. Lieber trank er dafür im „Dorfkrug" ein Bierchen mehr. Das war dem Pfarrer ein Dorn im Auge. Schon lange sann der Gottesmann nach, wie er Erwin wieder mehr in die Kirchgemeinde integrieren könnte. Eine List sollte ihm dabei helfen. Am Sonntag am Stammtisch im „Dorfkrug", wo Erwin regelmäßig sein Bier trank, schlug ihm der Pfarrer vor, einige Reparaturarbeiten, die in der Kirche dringend notwendig wären, zu erledigen. Hochwürden hatte es Erwin mit schmeichelnden Worten aber so erklärt, dass er die Arbeiten ohne Bezahlung durchführen sollte.

„Ich mache es, aber nicht umsonst, Herr Pfarrer!" erwiderte Erwin sichtlich erregt.

„Du bist der Kirche noch einige Monate Kirchensteuer schuldig!" machte der Pfarrer ihm klar. Erwin war nach der Rüge vom Pfarrer etwas in sich gegangen, dennoch grübelte er, wie er aus den Reparaturarbeiten für sich doch noch einen kleinen Obolus herausschlagen konnte und er den Pfarrer trotzdem zufrieden stellte.

„Gut ich mache es, aber eine kleine Rechnung stelle ich doch!" sagte Erwin. Der Pfarrer schaute Erwin lächelnd von der Seite an und sagte nach einer Weile des Nachdenkens:

„Einverstanden! - Über die Rechnung reden wir aber noch danach!"

„Ne, ne Herr Pfarrer danach gibt es nicht. Ich will gleich wissen, ob sie etwas zahlen!"

„Also gut, ich zahle etwas, wenn alles zu meiner Zufriedenheit erledigt wurde!" sagte der Pfarrer um weiteren Diskussionen mit Erwin aus dem Wege zu gehen, reichte er ihm die Hand und damit war der Deal besiegelt.

Wenige Tage später begann Erwin mit der Arbeit und war damit eine Woche später fertig. Wieder trafen sie sich in der Schänke am Stammtisch und Erwin überreichte dem Pfarrer die Rechnung. Mehrmals las der Pfarrer die Forderung von Erwin und schüttelte immer wieder mit dem Kopf. Er hielt einen Zettel in der Hand, der gar keine richtige Rechnung war, sondern nur ein Hinweis wieviel Erwin haben wollte. Auf dem Zettel stand:

„Lieber Herr Pfarrer,
Reparaturen in der Kirche ausgeführt.
Gesamtkosten – 281,50 €
Mit freundlichen Gruß Erwin"

Diese 281.50 € waren die Summe bestehend aus 30,00 € Kirchensteuer die Erwin der Kirche noch schuldig war und der Summe von 40,00 € die Erwin noch Schulden in der Schänke hatte. Für den Rest wollte sich Erwin eine Kettensäge kaufen, um

endlich im Wald das Holz für den Winter zubereiten
zu können. Mit dieser Scheinrechnung war der
Pfarrer aber nicht einverstanden. Er wollte eine
detaillierte Rechnung aller ausgeführten Arbeiten.
Grinsend schob er Erwin die Rechnung über den
Tisch wieder zu und forderte ihn auf diese neu zu
erarbeiten, erst dann würde er zahlen. Ein paar Tage
später war Erwin erneut beim Pfarrer und brachte
ihm eine neue ordentliche Rechnung. Als der Pfarrer
die Rechnung las wurde er bei jeder Position die
Erwin aufgeführt hatte, ein wenig röter im Gesicht.
Die Inhalt der Rechnung lautete wie folgt:

----   R E C H N U N G   ----

Das jüngste Gericht ausgebessert und den armen
Seelen ein neues Aussehen gegeben

14,25 €

Einen neuen heiligen Geist gemalt

12,50 €

Tod und Teufel neu gestrichen

14,80 €

Das Paradies mit Firnis überzogen und der Eva das
Feigenblatt höher gesetzt

18,10 €

Die heilige Ursula von der Seite verkachelt

11.90 €

Der Mutter Maria den Busen erneuert, etwas
gehoben und ein neues Kind gemacht

20,95 €

Der keuschen Susanne den Unterleib erneuert und
von vorn alles in Ordnung gebracht

11,80 €

Dem heiligen Petrus die linke Hinterbacke
aufgeleimt und den Sack gefüllt

22.20 €

Dem heiligen Zacharias den Beutel geflickt

11,00 €

Den Jungfrauen die Lampen gefüllt und neue Dochte
eingezogen

5,50 €

Dem heiligen Nepomuk den Stab poliert

18,00 €

Dem Erzengel die Flöte nachgesehen

10,00 €

Dem Organisten beim einschieben der Pfeife
geholfen und ihn hinten etwas Luft gemacht

15,60 €

Der heiligen Theresa die Kutte abgerieben und die
Fusseln entfernt

11,00 €

Mit dem Küster Maria hinter dem Altar umgelegt
und die Ritze verkittet

13,70 €

Summe	211,30 €
zzgl. Vergnügungssteuer	40,50 €
Gesamtkosten	251,80 €

Der Pfarrer war über die Rechnungsart so empört, dass er sich plump auf die Bank sinken ließ und den Schweiß von der Stirn wischte.

„Wenn ich diese Rechnung dem Bischof zeige, wird er mich fragen was ich für gottlose Mitglieder ich in meiner Gemeinde hätte. - In meiner nächsten Predigt werde ich einmal über die Sünde sprechen müssen! - Wenn Du Dein Geld haben willst, dann komm nächsten Sonntag zur Messe in die Kirche!" erklärte er Erwin böse.

Als Erwin Abends wieder am Stammtisch in der Schänke saß, fragten ihn die Stammtischmitglieder ob er sein Geld vom Pfarrer bekommen hätte. Erwin verneinte, zeigte allen am Tisch die Rechnung und bestellte sich einen doppelten Schnaps. Sofort gab es ein schallendes Gelächter der Stammtischgäste über diese dreiste Rechnung und sie sagten zu Erwin:

„Das Geld kannst Du abschreiben. Auf Grund dieser Rechnung zahlt der Pfarrer der alte Geizkragen nie, dazu hast Du ihn viel zu sehr verärgert!"

Erwin trank seinen Schnaps aus, bestellte sich noch einen und sagte Wut geladen:

„Wenn der Pfarrer denkt, er kann die Zeche
prellen, sieht er mich erst recht nicht in der Kirche!“

Mottenverwandlung

Viele Motten zart und klein,
flogen in eine Gaslaterne rein.
Dort war es hell und warm.
Beim Tanz vergnügte sich der ganze Schwarm.
Doch in des Taumels höchsten Wahn
kamen sie an die heiße Flamme ran.
Sie flogen auf die Hitze zu
und verbrannt waren sie im Nu.
Als Asche sah man sie nun enden
und waren nicht mal mehr als Mottenpulver zu
verwenden.

Die Ziege

Die Ziege ist ein Tier welches schon über Jahrhunderte bekannt ist. Es gibt verschieden Arten von Ziegen. Ich erinnere nur an die Feldziege, die Hausziege, die Kreuzziege, die Raubziege, die Güterziege, die Flaschenziege und die Personenziege.

Der Aufbau einer Ziege ist:

Der Kopf ist an den Hörnern aufgehangen, selbiger ist auf dem Hals aufgeschraubt. Sie hat ein Fell welches sie umgibt, damit sie nicht auseinander fällt. Weiterhin hat sie vier Beine, die bis zum Erdboden reichen. Die Ziege hat einen kleinen Schwanz, der schlaff herunter hängt, wenn sie Gras frisst und der steif nach oben steht, wenn sie Pillen dreht. Zwischen den Beinen hängt eine Pompadour mit zwei Bommeln, woraus sie Milch gibt.
Die männliche Ziege heißt Bock. Er hat zwischen den Beinen eine Feldflasche, die, wenn die Sonne drauf scheint, glänzt.
Je älter die Böcke werden, um so schlimmer werden sie. Am schlimmsten sind die alten Böcke, das müssten Sie doch am besten wissen, Herr Lehrer.

Tonkunst

Töne sollen Freude bringen,
sie sollten genüsslich in unseren Ohren klingen.
Viele Große dieser Welt
haben die feinsten Kompositionen zusammen
gestellt.
Sei es Mozart der die Zauberflöte ersann,
sei es Verdi der mit dem Triumphmarsch die Herzen
gewann.

Oder sei es Bach, der die Kaffeekantade
komponierte
oder Johann Strauss der den Kaiserwalzer dirigierte.
Bei all diesen Melodien kommt man ins Schwärmen,
doch was heute manche als Musik andeuten
bezeichne ruhig als Lärmen.

In Diskotheken wird das Trommelfell strapaziert,
die Töne vergewaltigt und ein falsches Bild der
Musik interveniert.
Nun ist die Zeit eine andere als zu der von Johann
Strauss
doch was man heute manchmal zu hören bekommt
ist ein Kraus.
Da wird gekrächzt, da wird gebrüllt,
sind es nicht die sanften Töne die unser Leben
erfüllt.

Wo sind die Töne die von Herzen kommen,
die Tonkunst ist zur Computerkunst verkommen.

Drum halten wir uns an Johann Strauss der
komponierte;
„Glücklich ist, wer vergisst, was nicht mehr zu
ändern ist!"

52

Erwischt

Die Festlichkeiten waren schnell vorbei,
Bei den Geschenken war Gutes und auch Krempel
dabei.
Vielen Geschenkverpackungen wurden geleert,
auch Erwin hat sich über nichts beschwert.
Doch nun kam für ihn das leidliche Problem,
irgendetwas musste nun mit den ganzen
Verpackungsmüll geschehn.
Wohin mit all diesen unnützen Kram,
das Zeug legt doch die ganzen Abfallbehälter lahm.
Vielleicht lässt sich am Leergutplatz, an der Straße
ganz hinten
noch ein Plätzchen in einem der Container finden?
Mit Zuversicht erreichte Erwin den Entsorgungsort.
Doch was war das? - Keinen Container sah er dort.
Statt dessen einen Berg aus Pappe und Papier
Plastik, Textilien und alte Schuhe fand er hier.
Bestürzt betrachtend stand er vor dem Unrathaufen,
und konnte sich nur noch die Haare raufen.
Er dachte; „Was geht nur in den Köpfen vor? -
Damit öffnet man dem Ungeziefer doch Tür und
Tor!"
Die Behälter waren vollgestopft bis über den Rand,
so dass seinen Leergut keinen Platz mehr fand.
„Was soll ich mit dem Zeug nun machen? -
Den eigne Unrat mit draufhauen auf die andren
Sachen?"
Der eine tut es, der andere nicht.

Doch wer von den Umweltsündern wird schon
erwischt?
Erwin überlegte hin und her,
er machte seine Entscheidung für sich schwer.
Mit nervösen Blicken er in die Runde schaute,
weil er der trügerischen Stille an diesem Platz nicht
traute.
Zum Glück war keiner da, der in der Nähe stand,
deshalb nahm er flugs den Abfall in die Hand.
Mit Schwung warf er alles oben drauf
Klatschte in die Hände und ließ den Dingen ihren
Lauf.
Doch plötzlich, noch ehe Erwin sich versah,
stand ein Mann vom Ordnungsamt bei ihm, ganz
nah.
Mit bösem Blicke dieser zu Erwin spricht:
„Hab ich dich endlich du elender Wicht!“
Erwin stammelte; „Das ist nicht alles von mir,
die anderen hatten auch hier...!“
Der Mann winkte ab und macht ihm klar,
dass er nun der erwischte Umweltsünder war.
Erwin schimpfte und fuchtelte mit seinem Stock
Unverdrossen zog der Beamte nun seine Block.
Gegen die Staatsmacht konnte Erwin sich nicht
wehren,
trotz seines bettelnden Aufbegehren.
Auf milde Strafe konnte er nur noch hoffen,
was soll's - diesmal hat es ihn getroffen.
Nach Tagen, der Abfall-Platz war wieder sauber und
gepflegt
sogar drum herum hatte man alles weggefegt,

Auf seinen täglichen Spaziergang zur die alte
Försterei,
kam Erwin wieder an dem Abfall-Platz vorbei.
Wieder musste er mit eignen Augen sehen,
dass schon wieder eine Umweltsünde geschehen.
Ein alter schäbiger Sessel wurde hin geschmissen
oben auf ein total zerschlissenes Kissen.
doch im letzten Moment hatte er noch erblickt,
wie sich ein Mann mit Handwagen hinter ein
Gebüsch verdrückt.
Als Erwin ihn zu Rede stellte
und ihm androhte, dass er die Sünde melde.
Da rief der Mann hinter verstecktem Gesicht ganz
frech und unverhohlen;
„Hau ab, dich soll der Teufel holen!"
Empört über diesen dreisten Mann
lief Erwin etwas näher an ihn rann.
Erwin war ganz entsetzt und traute seinen Augen
nicht
er hatte den dienstbeflissenen
Ordnungsamtsbeamten erwischt.
Was nun kam kann man sich denken,
Auch Erwin hatte für diese Tat kein Lob zu
verschenken.
Doch Erwin hatte Schadenfreude im Gesicht,
denn nun hatte es auch mal einen Ordnungshüter
erwischt.

Das Erdgeschoss

Erwin und Adele hatten wieder einmal im großen Bürohochhaus der Stadt, in dem sich einige Ämter befanden, Behördengänge zu erledigen. Hier waren sie schon mehrmals. Die Büros, in die sie mussten, befanden sich meist in den oberen Etagen. Zum Glück hatte das Hochhaus einen Lift, so dass sie nicht die vielen Treppen nach oben laufen mussten. Adele hatte aber in solchen großen Gebäuden ein Problem: Ständig bekam sie es mit der Angst, in einen der Lifte zu steigen. Denn aus der Zeitung hatte sie erfahren, dass es schon mehrere Pannen mit diesen Liften im Hochhaus gegeben hatte. Diese Angst war auch begründet, denn Adele hatte schon einmal Pech und war gezwungen mehr als eine Stunde in einem anderen Lift auszuharren, der aus technischen Gründen stecken geblieben war. Deshalb spürte sie immer Unbehagen, wenn sie in ein solches Beförderungsmittel stieg. Erwin, der keine Befürchtungen hatte den Lift zu benutzen, kümmerte sich diesbezüglich wenig um seine Frau. Waren ihre Behördengänge beendet, schob Erwin seine Frau in den Lift und sie fuhren wieder nach unten. Im Fahrstuhl redete Adele ständig auf Erwin ein, sie mögen doch bitte in der ersten Etage aussteigen. Erwin schüttelte mit dem Kopf, tat aber was seine Frau wünschte und lief mit ihr die wenigen Treppen bis ins Untergeschoss.

Der Lift war mit dem modernsten Dingen ausgestattet. So sagte eine sympathische Frauenstimme die jeweilige Etage an, in der man sich gerade befand. Erwin wusste zwar, dass Adele vor Fahrstühlen einen regelrechten Horror hatte, fragte aber nie nach, warum sie gerade in der ersten Etage aussteigen wollte. Ein Mann der mit ihnen nach unten gefahren war, wunderten sich über dieses Verhalten. Denn als er unten dem Lift entstieg, sah er die beiden die Treppe herunter gelaufen kommen.

„Warum steigen sie in der ersten Etage aus und fahren nicht bis nach unten, wenn sie schon hier her wollen?" Erwin zuckte mit der Schulter und verwies mit einem Fingerzeig auf seine Frau. Adele war es peinlich darauf zu antworten. Sie zierte sich und schaute treuherzig auf Erwin. Da Erwin auch keine Antwort wusste, fragte er Adele, weil es ihn nun auch einmal interessierte, warum sie diese eine Etage immer laufen wollte:

„Das würde mich auch einmal interessieren, Adele. - Warum laufen wir eigentlich die eine Etage immer?" Unsicher und beschämt erklärte sie:

„Wenn wir unten angekommen sind, sagte die Stimme im Lift - **Erdgeschoss -!"**

„Na und?" hackte Erwin nach.

„Ich habe Angst, dass wenn die Tür unten aufgeht, wirklich ein Geschoss aus Erde ankommt und mich trifft!" Als der Mann, der sie angesprochen hatte, das hörte, bekam er einen Lachkrampf und Erwin griff sich an den Kopf und schämte sich für die Dummheit seiner Frau und schob sie aus dem Hochhaus auf die Straße.

Bei Tisch

„Erwin! - Das Essen ist fertig!“ rief Adele aus der Küchenfenster in den Garten, der gerade dabei war, die zu hoch gewordene Ligusterhecke zu schneiden. Erwin legte sein Schneidwerkzeug beiseite und kam in seinen gewohnten schlendernden Gang in die Küche, wusch sich die Hände und setzte sich brav auf seinen Platz und wartete darauf, dass ihm das Essen von seiner Frau serviert wurde. Er leckte sich schon seine Lippen vor Appetit, als er auf seinen Teller blickte, den Adele ihn vorsetzte. Es gab sein Lieblingsgericht. Seine Frau hatte wieder alle ihre Kochkünste aufgebracht, um Erwin einen schmackhaften Lammbraten mit grünen Bohnen und Klößen auf den Teller zu bringen.

Erwin nahm genüsslich Happen für Happen zu sich. Als er sein Mahl beendet hatte, leckte er mit Hingabe erst seine Lippen und dann sein Messer ab. Als Adele sah wie Erwin sein Messer durch den Mund zog, sagte sie empört zu ihm:

„Nimm das Messer nicht in den Mund!“

Erwin schaute Adele lachend an und sagte:

„Ich halt's wie mein Meister damals, der nämlich auf sächsisch sagte!“

„Nimm's Messer ni in d'n Mund !!!!
- Was hat n' das für'n Grund?
Wem tu ich'n was zu Leide
wenn'sch mor selber in de Gusche schneide?“

Adele schüttelte über diesen für sie blöden Spruch und die Unvernunft ihres Mannes den Kopf und räumte murrend das Geschirr in die Spülmaschine. Doch da passierte es. Als Adele das Besteck in das Besteckfach steckte, fügte sie sich an einem Messer einen kleinen Schnitt zu, der sofort zu bluten begann.

Erwin begann schallend über das Missgeschick seiner Frau zu lachen und zeigte mit dem Finger auf sie. Daraufhin wurde Adele wütend und begann mit einem Wischtuch auf Erwin ein zu schlagen, der sich sofort von seinem Platz erhob und vor Adele schnell aus der Küche lief. Adele schrie noch hinter ihm her:

„Mach dich in den Garten, du olles Manns-bild – Blödes!"

Der Oscarpreisträger

Erwin saß am Stammtisch in seiner Eckkneipe mit ein paar Freunden beim Bier, die wieder einmal über Gott und die Welt diskutierten. Die Gespräche kamen von einem Thema in das andere. Es wurde über Arbeit gesprochen, über Fußball, über Politik, über Frauen und, und, und ... Jeder gab seinen Kommentar dazu ab, ob er Ahnung von dem Thema hatte oder nicht. Da blieben Streitgespräche nicht aus und es ging oft sehr laut dabei zu, dass der Wirt, der auch mit in der Runde saß, schlichtend eingreifen musste.

Erwin hielt sich bei vielen Themen zurück, nur gelegentlich meldete er sich. In einer der heftigen Debatten ging es bei einem Thema um Preisträger in den verschiedensten Kategorien des Lebens. Unter anderem auch um „Oscarpreisträger".

„Ich war auch schon mal Oscarpreisträger!" warf Erwin in Diskussion ein. Erst herrschte Ruhe auf diesen Einwurf. Doch dann begann alle lauthals über Erwin zu lachen und zeigten mit Fingern auf ihn.

„Wann und wegen was warst du denn Oscarpreisträger? - Weist du denn überhaupt was das ist und für was man den Oscar bekommt?" wollte ein Stammtischgast wissen.

„Ja, ich habe schon einmal davon gehört! - Die bekommt man, wenn man irgendwo gewonnen hat!" antwortete Erwin naiv.

„Also du weist gar nicht, worum es sich dabei richtig handelt. - Weißt du denn, wie der aussieht der Oscar Preis?" Darauf wusste Erwin keine Antwort, denn damit hatte er sich noch nicht beschäftigt.

„Ach ihr! - Jedenfalls habe ich soetwas schon einmal getragen. Wieder Gelächter.

„Ja dann erzähl uns doch einmal wo, wie und wann das war?" forderten die Gäste am Stammtisch Erwin auf.

„Ich war mal mit meinem Onkel Oscar bei einem Schachturnier. Das muss so in den Sechzigern gewesen sein. Und mein Onkel hatte dort den ersten Platz belegt und bekam dafür einen Preis. Das war ein wunderschöner goldener Pokal mit Aufschrift und Verzierung. Als die Siegerehrung vorbei war, rief er mich zu sich und drückte mir den Pokal in die Hand und sagte ich solle ihn zu seinem Auto tragen. Und da mein Onkel Oscar hieß und ich seinen Preis tragen durfte, war ich doch ein „Oscarpreisträger". - Stimmt es oder nicht?" sagte Erwin mit großen Augen.

Alle lachten über die naive Erklärung von Erwin und stießen mit ihm an.

FSC
www.fsc.org
MIX
Papier aus ver-
antwortungsvollen
Quellen
Paper from
responsible sources
FSC® C105338